시간표 없는 정거장

서준석 시집

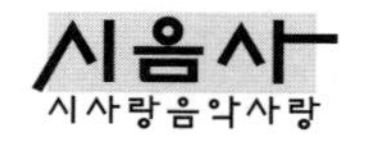

시인의 말

처음 출간한 시집 '시간표 없는 정거장'에 조심스럽게 초대합니다.
우리는 모두 각자 삶이라는 짐을 짊어지고 살아가면서 때로는 예기치 못한 일을 당하기도 하고 예기치 못한 곳으로 정해진 시간표도 없는 여행을 떠나기도 합니다.

시집 제목처럼 정거장은 차를 타고 내리기 위해 모이는 곳이기에 우리 인생의 무수히 많은 이야기가 만들어지기도 하고 또 만나는 반가움과 보내주면서 아쉬움 같은 소소한 일들을 시로 엮어 보았습니다.

이 시를 통해 잠시 쉬어 가듯이 마음에 여유를 가져 보시는 시간이 되셨으면 좋겠습니다.

시집 '시간표 없는 정거장'을 통해 저와 서로 마음을 나누며 여행하는 동반자가 되신다면 더 좋겠습니다.

감사합니다.

시인 서준석

QR코드 스마트폰으로 QR 코드를 스캔하면 시낭송을 감상할 수 있습니다

본문 시낭송 감상하기

제목 : 봄을 기다리는 꿈
시낭송 : 최명자

제목 : 한때기 밭 소동
시낭송 : 김락호

영상은 YouTube 정책 또는 운영 관리에 따라 삭제될 수도 있습니다.

시인은 자연을 이야기하고 시낭송가는 자연을 품었다
글자는 날개를 달아 언어로 날고 소리는 자연에 눕는다

* 목차 *

* 목차 *

* 목차 *

* 목차 *

꽃보라

밤새
기척도 내지 않고
흰 꽃잎 꽃보라가
새근새근 아기가 잠든 지붕 위로
한도 없이 흩날린다.

한계령 골짜구니
쓰러질 듯 서 있는 노송 가지에
한 아름씩
수북수북 올려주고

내미는 손바닥에 떨어져
금세 녹아 없어져도
멈추는 걸 잊었는지

첫닭 우는 새벽
앞 산기슭 오솔길에
새하얀 이불 펼쳐 놓고
시집가신 누님 첫 친정 나들이 오실 제
쌍무지개 떴으면

봄을 기다리는 꿈

쌓인 눈 녹아내리는 오두막 처마에
거꾸로 대롱대롱 매달린 고드름
한가하게 실로폰을 두드리며
빠르게 지나가는 바람을 붙잡고
겨울 음악회를 열자며
앙상한 나뭇가지에 무대를 설치했다

나풀나풀 스텝을 밟는 함박눈 관객
구름처럼 하얗게 몰려들어
쌩쌩 휘파람 같은 톤이 높은 격렬한 음악
한 곡 한 곡 끝날 때마다
아우성치듯 기립박수를 쳐서 그런지
음악회는 좀처럼 끝날 줄 모른다

리듬을 타고 춤을 추던 무대 앞에
진한 감동을 소복하게 쌓아놓고
발자국도 남기지 않고 모두 가버리자
얼어버린 개울물 밑 고운 흙 침대
느긋하게 낮잠을 즐기는 쌀 붕어
잠꼬대로 춘곤증 앓는 봄을 부르고 있다.

제목 : 봄을 기다리는 꿈
시낭송 : 최명자
스마트폰으로 QR 코드를 스캔하면
시낭송을 감상할 수 있습니다

밭둑 언저리 풍경

밭둑 언저리에 핀 천사 나팔꽃
한창 이름나기 시작한 그림쟁이가
능숙한 솜씨로 안개까지 곁들여
화폭에 고스란히 담아서 갔고

언니 연지 몰래 바르고
서툴게 화장된 얼굴로
울타리 밖을
까치발 들고 넘보던 능소화

일몰이 서서히 다가오자
처음 수확한 옥수수로 빚은 소주
몇 사발 퍼붓듯 마셨어도
정작 취한 건 구절초였다

작은 바람 스치기만 해도
어지러운 듯 비틀대기 일쑤였다
식상한 해바라기 큰 얼굴 푹 수그리고
콩 꼬투리는 분가한다며 가출을 했다.

할미꽃

양지바른 산등성이
누구인지 알 수 없는
무덤가에 핀
눈길 주는 할미꽃

무엇을 그리
오래도록 기원했기에
등허리가 휘어지고
굽어들었나

꿩꿩
장끼의
산 계곡 메아리는
호호백발 할미꽃을
달래주고 있다.

울 엄니

올빼미 둥지로 날아가고
귀뚜라미 우는 깊은 밤
늦게 떠오른 달빛이
들창을 두드리면
조용히 일어나시는 엄니

장독대에
정한수 떠 놓고
두 손 모으신다

엄니의 치성에 화답하듯
정한수에 떠 있는 달이
흔들거린다

흐르는 세월은
강산을 몇 번이나
변하게 했어도

울 엄니는

불초 소생의 안위를 위해

눈물을 떨구시며

밤을 지새우신다

* 정한수 (정화수-井華水)

가고 가는 세월아

전봇대 지나가듯 지나만 가고
뒤돌아봄 없이
앞으로만 가는 세월아

가던 길 잠시 돌아서서
시들어가는 꽃잎
달래 주고 가거라

네가 멈춰 있었더라면
아름다운 얼굴 고운 향기로
남아 있었을 게다

술잔에 뜬
흰 구름 흘러가듯
뒤돌아봄 없는 세월아.

그 미련 때문에

소복(素服)으로 맵시 있게 차려입고
설렌 미소를 띠고
길섶에 서서

오가는 이의 걸음을 멈추고
뒤돌아보게 하는
하얀 들장미

애끓는 기다림이
얼마나 가슴에 맺혀 있기에
핏빛 가시로 웅크리고

오로지 일편단심
그대를 향한 그리움에
지나가는 미풍에도 귀를 기울이나

쓸쓸한 오뉴월 바람에 날리던 꽃잎
물 위를 손에 잡힐 듯 떠돌다가
연잎(蓮葉)에 애타는 눈물 숨기고 있다.

밤에 웃는 꽃

줄기 타고
초가지붕에 걸터앉아
낮에는 수줍다고
캄캄할 때 피면서도
이슬이 간지럼을 태워도
벌과 나비가
볼을 톡톡 건드려도
부끄러워
얼굴 붉히지 못하고
하얗게 웃고만 있다.

26주년

서른한 살
스물다섯

행복해라
행복해라
웨딩마치 발맞췄네

알콩달콩 아웅다웅
머슴애 하나 지지배 하나

즐거움 괴로움도
아픔 슬픔도 겪어 가며
스물여섯 해 지나고 보니

곱던 마누라
눈가엔 주름이

매향가

매화야.
매화야!

매섭고 모진
북풍한설도
너의 환한 미소에
한풀 꺾이나 보다.

흰 저고리 분홍치마로
소박하게 단장을 하고
벚꽃보다 먼저
봄을 마중하니

너는 어여쁜
여인의 자태이어라

그윽한
너의 유혹에
사르르
눈이 감긴다.

이슬

어젯밤 꽃이
울었다
밤새도록 울었다

아침까지
눈물이
그렁그렁 맺혀 있다.

내 사랑 당신

지문이 닳은 손 베개 삼아
곤히 잠든 당신
고른 숨 내쉬는 얼굴 바라봅니다

치매 앓는 시어머니 모실 때
간병인 없이 그 어렵고 힘든
수발들어 드리고

안타까워하며
참으면서 희생하는 것이
사랑이라던 당신

내가 힘들어 지쳤을 때
언제나 웃음으로
토닥이며 용기를 준 당신

곁에 당신이 있어서 나는 정말 행복합니다

거친 손 살포시 잡아봅니다
처음 만났을 때처럼
가슴이 두근댑니다

쑥스러워 침묵으로
말 못 했어도 당신을 사랑합니다
주름진 당신 얼굴이 참 예쁩니다.

노랑 민들레

길바닥에
소리 없이 해맑은 웃음 간직한 채
버리지 못한 추억을 더듬어가며
눈물로 한 생을 보내고 있다

음지쪽 양지쪽도 가리지 않고
발부리에 밟혀 꺾여져도
아픔 고이 참아가며
뜬구름에 보내버린 수많은 사연

봄에 노랗게 웃음 한번 웃어보고
흰 머리털이 날릴 때까지
한숨 지어오는 가슴 끌어안고
그리워지는 마음 감추고 싶어
황혼이 진 어둠을 끌어 덮는다

젖어 내리는 밤

도심 불빛이 멀리 찾아드는 창밖에
소리 없이 빗물이 흘러내리면
어렴풋이 떠오르는 얼룩진 기억들이
아물지 않은 상처 자국으로 남아
비어버린 머릿속에 하나둘씩
뒤엉켜 혼미스러워져 간다

오래도록 미루어 두었던 일을
끄적거리며 정리해가는 동안
어디선가 애끓듯 들리는 트럼펫 음률이
캄캄한 빗줄기 속에 멈춰 서서
홀로 남은 외로운 내 가슴에
긴 여운을 남기고 맴돌아

맨발로 비틀거리며 뛰쳐나간
헤드라이트 빛 사라진 포도(鋪道) 위에
일렁거리는 어둠 사이사이로
젖어 내리는 밤비 울적하게 부추기고 있다.

나를 기억해 줘요

먹장구름이 몰려오면
소나기
내릴 줄 알듯이

사강사강
수수깡 소리 들리면
나를 기억해 줘요

내 고향 집

떠나온 지 반세기 넘어
찾아간 내 고향 집
뛰놀던 마당에 수풀이 무성하고
무너진 집터에 어릴 적 추억이 서려 있다

어머니 아침밥 지으실 때
매운 연기 눈물 한소끔 흘리셔야
가마솥 보리밥 뜸이 들었고

냇가 웅덩이서 물장구치고
둥구나무 그늘 밑에 버들피리 꺾어 불면
불어오던 산들바람 더위를 쫓아 주었다

앞 산자락으로 저녁해가 숨어들 때
모깃불 피우고 팔베개 베고 누우면
밤하늘에 유성 길게 떨어지고
멀리서 소쩍새 밤새도록 울었다

나의 아버지

세상에서 가장 힘이 세셔서
산더미 같은 나뭇짐 지고 오시던
나의 우상이셨던 아버지

장마에 불어난 개울물에 서서
번쩍 들어 건너 주시던
세상에서 못하시는 게 없으셨던 아버지

밤에 할머니 댁에 갔다 올 때
따뜻하고 넓은 등에 업혀 오면
아버지 냄새가 참 좋았었다

어머니가 터진 양말 꿰매주실 때
졸라대면 옛날이야기 들려주시고
슬기와 지혜를 깨우쳐 주시던 아버지

이야기 듣다 눈꺼풀 가물가물 잠들면
이불 덮어 다독여 주시고
늘 자식들 잘 되기를 기원하시던 아버지

가족을 위해 힘드신 일 마다하지 않으시고
늘 웃음으로 말이 없으시던
아버지 사랑이 너무너무 그립습니다.

보낸 편지

빨간 우체통에
편지를 한 통 넣고 왔다
누구한테 보냈는지는
생각나지 않는다

고향 집에
두레박
퍼 올리시는
어머니께 보냈는지

해 저문 콩밭에
풀이 안 보여도
허리 한번 못 펴고
김매는 아내에게 보냈는지

가을 아가씨

한들한들
춤을 추는

가을
아가씨

연지 곤지 찍고서
누구를 기다리시나

그림 한 폭

화선지를 펼쳐 놓고
어떤 그림을 그려야 할지
노랑 파랑 빨강 그리고 먹을 갈아
화선지에 내장되어 숨어 있는 그림을
조심스레 끄집어낸다

진하게 또는 엷게 물감을 풀어
붓끝을 입술로 다듬어 가며
매화 난 국화 죽(梅花 蘭 菊花 竹)
세심하고 정성을 다해

도자기 명품 한 점을 얻으려
작은 흠집이라도 깨뜨려 버리듯
그리고 또 그리다가
화선지를 아홉 장이나 찢어 버렸지만

기필코 한 폭을 담아내려는 동안
잠시 멈추었던 계절이 바뀌고
미완성으로 남겨질 것 같던 화판에
활활 타오르는 석양빛이 머물러 있다.

그리움

콧잔등 시렵게
바람 불던 언덕엔
봄빛이 완연한데

돌아온단 기약 없이
떠난 사람 생각하니
속 눈썹 젖어 오네

어찌 그리 그리운지
어찌 그리 보고픈지
어찌 그리 야속한지

낙조에 물든 빨간 구름
내 섧은 마음 달래듯이
한숨 쉬며 흘러가네

사무치는 눈물 편지
입김 불어
허공으로 띄워본다.

동그라미

따갑도록 뜨거운 햇살
있는 힘을 다해 온 세상을
꺼멓게 살을 태워가면서
초록색으로 작업한 곳에

너무 단조롭다며 갈바람
산비탈 전체를
울긋불긋 다채로운 때깔로
한 땀 한 땀 수를 놓았다

시샘하던 된서리
초대장도 없이 쳐들어와
하루아침에
거무스름하게 지워버렸고

애태우며 낮게 떠돌던 구름
끝내 울음을 터뜨려
아스팔트 고인 물에
동그라미만 그리고 있다.

나는 어디 갔지

다람쥐 쳇바퀴 돌리듯
돌아만 가는 반복되는 하루
늘 지나치는 벽 거울 앞에 서서
나를 보았다

나는 온데간데없고
웬 나이 많은 할아버지가 서 있다
등은 구부러지고
얼굴엔 주름 허연 머리칼
당신은 누구냐고 묻고 싶다

나를 잃어버리고 사는 동안
언제 이렇게 되었나
계절이 돌고 돌아 강산이 변해갔어도
마음은 청춘 그대로인데

가슴 졸이며 헤쳐온 날들
찰나의 순간처럼 금방 지나가
긴 줄 알았던 우리네 인생
짧고도 허무한가 보다

이름 잃어버린 꽃잎

달콤한 향기 찾아 떠나는
울퉁불퉁한 돌담길 모퉁이
밟혀 꺾여진 이름 잃어버린 꽃잎
이슬 서럽게 흘러내린다

언제였는지 알 순 없지만
개울 건너 움막집 뒤꼍
케케묵은 된장 단지
찍어 맛보고 실실 웃음 짓던 할매

등불 밝혀진 새벽녘
넘어가지 못하고 망설이는 그믐달
숨을 쉰다는 것은 어차피
아쉬움과 기대가 교차하는 걸 테지

허접한 외 나뭇가지에 둥지를 틀고
바람에 날릴세라 비에 젖을세라
아릿한 가슴 쥐어뜯으며
순식간에 한 생애 다 지나가 버렸네.

물에 떠도는 마을

호반의 도시로 가는 ITX는
무슨 꿈을 꾸는지
멈추는 곳마다 흰 구름 같은
짐을 한 무더기씩 풀어놓고

기적도 울리지 않고
종이책 페이지 넘기듯
산골짝을 한 장 한 장 넘겨 가며
푸른 깃발 흔들리는 긴 여운을 남기며

물항아리 가득 찬 강촌에 들러
세월의 나이만큼 삭아진 목선 뱃전에서
서글픈 물새의 사연을 들어주고
억새꽃 인사를 받으며 전봇대를 세면서 간다.

몇 번을 왔어도 흔적도 남기지 않고 가버린
무수히 지나간 시간들을 달래려
물안개 피어오르던 소양강에 뜬 조각달이
아물어 가던 상처를 헤집어 내고 있다.

한때기 밭 소동

텃밭을 일군 지 봄이 세 번 지나고
올해는 새로운 식구들이 많이 늘어나면서
앞다투어 잎이 크고 꽃이 피어
하루도 잠잠한 날이 없다

텃밭에 등록이 되기만 하면
저마다 원조라고 우기고 있지만
오이는 모종으로 온 지 얼마 안 됐고
가지는 전입 신고 후 보랏빛 꽃을 뽐내고
고구마는 귀화하여 줄기로 영역을 넓히고
양배추는 상처에 붕대를 감듯
겹겹이 싸매고 누워 있고
쑥갓은 휘저어 다니며 냄새를 풍기고
씨를 틔워 싹으로 크는 열무는
토박이라고 날을 세우고 있다

명단에 올라있지도 않은
쇠뜨기와 명아주 개망초는
호미가 잠깐 쉬기만 해도
한 뼘씩 쑥쑥 자라며
수건 쓴 아지매 눈치만 본다.

제목 : 한때기 밭 소동
시낭송 : 김락호
스마트폰으로 QR 코드를 스캔하면
시낭송을 감상할 수 있습니다

우연

그
때는
우연이었지만

난
당신을
사랑하나 봅니다

늘
보고 싶고
그리워집니다

마더 데레사(Mother Teresa)

어머니
어머니
모든 이의 어머니

산더미 같은 해일도
세상을 뒤엎어 놓는 토네이도도
당신 앞에서는
한낱 물거품

가장 소외되고
보잘것없는 이들의 어머니.

당신의 시작은
곧
완성이셨습니다.

온몸으로 사랑하시고
기도로
하늘을 감동케 하는 분

당신은

주님에 도구

주님의 몽당연필

* 마더데레사 영화를 보고 난 후

가을 포구

가을 끝에 남아 있던 자투리 별이
마지막 짙은 향을 간직한 들국화를 흔들어
멀리 떨어진 모퉁이까지 전해 주고

해안가를 알싸하게 돌아 불던 해풍은
갯벌에서 들었던 비밀 같은 이야기를
토씨 하나 빠트리지 않고 들려준다

뱃멀미로 술렁거리던 포구
해진 뒤 한 잔 술에 흠뻑 젖어 들던
구성진 노랫가락도 잦아들고

깊어져 가는 밤 구석진 선창가
닻줄에 매달려 잠투정하는 조각 배를
파도가 자장가를 불러 재우고 있다.

찻잔

아내 시집올 때 혼수였던
선반을 장식한 찻잔에서
문득 쉿소리가 들리더니

김이 모락모락
옅은 옥색으로
청잣빛 찻잔이 배시시 웃는다

차 맛에서
아스라이 떨어지는 꽃잎 같은
시(詩) 짓는 흥취가 나

창을 여니
홍시 몇 개 달린 나뭇가지가
까치를 던져 주고 받기를 한다.

더위 먹은 삼복(三伏)

7월의 끝자락 마지막 폭염
부채질과 등목으로 여행 간 피서
벌거벗고 여름을 풀어내고 있다

욕심을 털어내듯 깡그리 비운 알몸
삼복은 이열치열로 다스린다며
대추와 찹쌀 그리고 수삼 한 토막
과식한 몸으로 펄펄 끓는 가마솥에
사우나 하러 간 통닭
개다리소반에 올라 땀으로 간을 맞추고 있다

무더위가 웃통을 드러낸 채
산들바람 집을 잠깐 비운 사이
챙 넓은 밀짚모자 벗어 놓고
사래 긴 텃밭에 괭이를 든다

열사병 호출 번호 119
앰뷸런스 타이어를 갈아 끼우고 있다

여우비

무더위가 한창 기승을 부리던 날
갑자기 장대 소나기 쏟아져 내려
먹빛 툇마루에 달콤한 낮잠을
낙숫물이 깨우고 있다

시멘트블로크 담 밑에 웅크린 장미는
내리는 비에 숨죽이고 있다가
비 멎은 뒤 디딤돌에 올라서서
아름다운 이불로 담장을 덮어 놓았고

저녁나절 구름에 가려졌던 햇볕이
슬그머니 고개 내밀 때
멀리 소나기 한줄기 지나간 강 언덕에
영롱한 일곱 색깔 무지개 떠 있다

노을

해 질 녘
이젤을 세워 놓은
무명 화가 화폭에
엄마를 찾아 나선
숯검댕이 작은 소녀가
한바탕 울고 간 자리에
아름다운 저녁노을이 지나가고 있다.

손짓으로 봄을

해마다 이맘때면 찾아오던 봄이
게으른 엄동설한 심술에
오던 길 멈춰 서 있나 보다

봄이면
개나리 진달래 흐드러지고
강 넘어 고랑 긴 청보리밭에
아롱거리던 아지랑이 그립기만 한데

눈 소복한 씨간장 단지 뚜껑도
황량한 들녘 거친 바람에
물 갈대 허리 굽어진 강기슭도
봄을 손짓으로 부르고 있다.

낙동강(洛東江)

굽이굽이
열두 굽이

휘어지고 돌고 돌아
유유히 맴도는 낙동강

잔잔한 물 위에 비친
그을린 사공의 얼굴엔
수심이 가득한데.

강 건너 보리밭에
종달새 높이 떠 우짖는다.

강물 위에 비추어진
낮에 떠오른 상현달
흰 구름에 두둥실 실리어 가고

갈 곳을 잃은 사공에
슬픈 곡조의 뱃노래가
물너울 너머로
끊어질 듯 이어질 듯
가물거린다.

눈 오는 밤

함박눈 내리는 밤
창에 살며시
귀를 대봅니다.

눈 오는
소리가
들리나 해서요

고독한 술잔

진눈깨비에 흘러내리는 가로등 불빛이
비우지 않은 술잔을
창밖에서 넘보고 있다.

주름진 고달픈 삶이
덧없는 세월에
가슴에 상처로 멍울이 져

혼술로
채워지지 않는 고독을
쓸어내린다.

아파야만 했던 사랑도
요동치던 이별도
술잔에 담아 마셔 버렸다.

레코드판에서 흐르는
경쾌한 음악이 오늘따라
꿈결처럼 슬프게 들린다.

겨울 낙조

바다 가운데 떨어진 빨간 낙조에
한 줄기 삭풍(朔風)이 스쳐 지나갈 때마다
비릿한 오존 신선함을 배달해 주어
분망한 하루의 일탈을 힐링해 주고 있다

허물어진 모래톱에 걸려 기울어진
부서지듯 낡은 돛단배는
찢어진 돛 포를 펼쳐 세워 놓고
수평선을 헤치고 나갈 날만 기다리고

밤새도록 파도의 옛이야기를 듣던 방파제는
등대에 불을 켜 놓은 채 잠이 들어
멀리 짙은 어둠 속에 동이 터올 때
새벽 선잠에서 기지개를 켜고 있다

거기에
한동안 눈이 내린다는 소문이 파다했었지만
약속도 없이 겨우내 눈이 내리지 않았다.

고향이 그립다 (I) 봄

내 고향에 봄이 오면
뒷산엔 진달래
울안엔 살구꽃 만발하고
들판엔 밀 보리가
황금빛으로 일렁거렸다.

모심던 날
논두렁에 앉아
바가지에 밥을 담아
먹던 새참
그 맛을 잊을 수가 없다.

동구 밖
느티나무 아래
버들피리 꺾어 불면
뻐꾹 뻐꾹 두견새
봄이 간다 울었다.

고향이 그립다 (Ⅱ) 여름

내 고향에 여름이면
개울에서 가재 잡고
웅덩이에서 멱감고
징검다리 건너뛰며
땅에 엎드려 물 마셨다.

칠월 백중
풍년을 기원하며
농악대 신나게 돌아갔던
층층 계단 논배미에
하얀 백로 외발로 서 있었다.

손톱 봉숭아 물들이고
곱게 물든 저녁노을
마당 가에 찾아들면
온 식구 멍석에 둘러앉아
수제비 먹을 때 웃음이 넉넉했다.

고향이 생각난다 (Ⅲ) 가을

내 고향에 가을이면
토실토실 알밤 줍고
빨갛게 능금 익어 갈 때
일 년 중 제일 큰 달 뜨는
한가위 기다려졌었다.

논두렁에 알밴 메뚜기 튈 때
여물어 고개 숙인 벼 베어
머리에 이고 지게 지고 거둬드려
왱왱 돌아가는 탈곡기에
마당에 나락 가득했다

수수 털고 김장하고
솜 버선 솜이불 꿰매고
겨울맞이 분주할 때
둥구나무에서 솔 부엉이 울고
서리 내린 초가지붕 하얗게 변했다

고향이 그립다 (Ⅳ) 겨울

내 고향에 겨울이면
후후 불어 식혀 먹던
악귀 쫓는 동지 팥죽
동그란 새알심이 쫄깃했고
기가 막히게 맛있었다.

얼어 버린 다랑논에
썰매 타며 해 지는 줄 몰랐고
언 손 입김으로 녹여 가며
눈덩이에 눈에 불이 번쩍해도
눈싸움하던 때가 그립다

군불 때고 아랫목에 둘러앉아
화롯불에 고구마 구워 먹고
밤새 내린 눈 굴려 뭉쳐
삽짝 앞에 눈사람
모자 씌우고 목도리 둘러놨었다.

안주

풋고추를
딴 것은
소주였다

맛인지 향인지
날된장 푹 찍은 한입
눈물이 툭 떨어진다

홀로 남은 잎새

푸르렀던 잎이 단풍으로 나뒹구는
도시공원 테이크아웃 노점에서
갓 볶아 내린 아메리카노 진한 내음이
한 바퀴 돌아 흩어져 사라져가고

오랜 세월 낡아 부서진 벤치 곁을
성글게 흔들거리는 하얀 국화
인연으로 맺었던 지난 흔적들을
지워버려야 한다면서도 간직하고 있다.

옅게 검은 물감 색깔로 저물어져 가는
언덕배기 길목에 뿌려지는 노란빛이
띄엄띄엄 쓸쓸하게 젖어 들고

때깔 변한 옷을 모두 내려놓은 나뭇가지
혼자 매달렸다가 떨어지는 마지막 잎새
차마 돌아서서 눈을 감아 버렸다.

작은 풍경 소리

구름이 여명을 걷어내는 지리산 골짜기
삼라만상으로 고요가 무겁게 드리운 산사 도량
산새 울음을 안고 전해 주던 실바람이
잠든 풍경을 조용히 두드려 깨우고

새벽예불이 올려지는 대웅전
법당 밖으로 낭낭하게 새어 나오는 염불 소리
산짐승도 숙연히 예를 올리는지
가던 길 멈추고 귀를 쫑긋 세우고 있다

중생 구원을 위해 드리는 기도는
저녁노을이 모닥불로 타올라도
비구니의 손끝에 걸린 백팔염주 한 알 한 알
눈가의 이슬로 떨어지고

촛불이 합장한 얼굴에 어른거리며
온몸을 태우고 녹아내려
두 손 모아 염원을 이루려는 간절함이
방울방울 아픔으로 번져가고 있다

어머니

삼라만상 어둠 속에 고요가 깃들면
고단한 잠 떨치시고 일어나셔서
세안으로 곱게 다듬으신 어머니

캄캄한 밤 가물거리는 촛불 앞에
주름진 두 손 모으시며
오직 가족의 안위를 위해
눈물로 드리는 간절한 기도

그 애절함에 촛농이 방울방울 녹아내려
심지까지 타 불이 꺼지고
어머니 눈가에 이슬로 맺혀진 그 염원이
동녘 하늘을 붉게 물들였다

자주 오겠다는 말에
말없이 웃기만 하시는 어머니
등 굽고 초라한 모습에
왈카닥 눈물이 난다

보내 주어야 하는 4월(四月)

사월(四月)이면

한창 무르익은 봄을
송두리째 보내버릴
목련꽃이 피었다 지는데

목련꽃은
어머니의 품같이
포근하고

조심스레 발을 뻗어
식장으로 들어서는 신부처럼
순백의 아름다움이 서려 있다.

화려하던 꽃잎이 떨어져
계절의 여왕에 자리 비켜주고
역사의 뒤안길로 숨어드는데

사악한 공포가 활개를 쳐
코와 입을 막아놔
꽃놀이도 가고픈 곳도 못 가고

떠밀려가는 사월(四月)을
심한 몸살로 아픈 고통을 참듯이
일그러진 침묵으로 보내 주어야겠다.

기다림

기다림이란
소녀가
아스라한 꿈을 꾸는 것이다

기다림이란
촌부가 시골 역사에서
하품으로 객차를 기다림이다

기다림이란
저녁 밥상 차려 놓고
신랑 오기만을 고대하는
새색시의 조바심이다

기다림이란
출항한 뱃사람 아낙의
무사 귀환을 바라는
속 태움이다

기다림이란
헤어진 가족
만나기를 염원하며
눈물로 밤을 새워 기도하는
이산가족의 상처 깊은 아픔이다.

오탄리 양지마을

춘천 둘레길 북쪽으로 가다 보면
투박한 강원도 사투리가 들리고
가파른 360고지 모퉁이로 도는 길은
장화 없이는 갈 수 없는 질퍽한 농로
양지마을 작은 화살표가 보인다

언덕 감자바위 어르신들 옹기종기
복숭아 따고 옥수수 쪄
인심 좋다는 자랑거리로 다투고
아늑하고 고요한 밤이 되면
멀리서 산짐승들의 트롯이 들리는 곳

파랗고 떫던 고욤이 까맣게 익고
꾸지뽕 빨갛게 물이 들 때면
푸른 잎새기 색깔 고운 옷으로
갈아입을 채비를 하고

저녁해가 눈꺼풀 내리면
어두움과 하늘만 남아
야반도주하던 기러기
'궉' 한마디에
뒤꿈치 들고 징검다리 건너간다.

내 죽마고우야

어릴 때 실개천에서
발가벗고 물에 뛰어들고
어깨동무하며 놀다가
싸우기도 했던 친구야

내가 도시락 못 싸가면
네 것 반으로 나누어 주고
군 제대 후 군 생활 에피소드
밤새도록 하던 친구야

초저녁 비 쏟아지던 날
카바이트 불빛 반짝이는 포장마차에서
노란빛 양은주전자 막걸리
너 한잔 나 한잔 마시던 친구야

지금 어디서 살고 있는지

고운 저녁노을이 바라다보이는 창가에서
살아온 희로애락을 서로 들려주고
이마에 파여진 인생 계급장을 헤아려 가며
건강 건배 술잔 높이 쳐들고 싶구나

우리는 고개를 넘어 내려가고 있다

우한에서 강 건너 불같이 일어나
고요하고 평화로운 우리들의 일상에
한 번도 경험하지 못한 팬데믹으로
입을 틀어막고 이웃과 친구들을 떼어 놓아
대문 밖 도심에 어디를 가든 설자리가 없다

형체도 냄새도 소리도 없이
온 지구촌을 메뚜기 떼 들판 덮치듯
어마어마한 전파력으로
공포로 떨게 하는 동안

고통 신음 죽음 앞에선 이들을 보면서도
나는 선뜻 손을 내밀어 주지 못했는데
봉사자 의사 간호사들은 이마에 테이핑 해 가며
백신 방패로 문설주에 양의 피를 발라 주고
따스한 어머니의 약손같이 어루만져 주었다

엄청난 소용돌이가 몇 년이 되었지만
혼탁하게 흐려진 물은 맑아지지 않았어도
국란의 위기 때마다 의연하게 대처하셨던
선조들의 DNA를 고스란히 이어받은 우리는
난제로 출제된 시험지를 거침없이 풀어나가고 있다.

이제
우리는
고개를 넘어 내려가고 있다.

바가지 이야기

햇순 박 줄기가 지붕 위로 타고 오르는
은하수 별빛 가물거리는 깊은 밤
피어나지 않을 것처럼
꼬옥 오므리고 있던 박꽃 봉오리가
어둠을 틈타
눈이 부시도록 흰 드레스를 걸치고
화려한 미소를 짓고 피어나면
찾아온 벌과 나비가
춤추고 놀다 간 어질러진 자리에
세상 구경을 나온 박 열매가
수줍은 얼굴을 살그머니 내밀어 보인다
하지만 박으로 태어나 바가지가 되기까지
제모습을 갖추고 커 가기엔 결코 세상은 녹록지 않다
밤새 간지럽게 내리는 이슬에 흠뻑 젖기도 하고
아물아물 짙은 안개 속에 파묻히기도 하며
살을 태우듯 뜨겁게 내리쬐는 햇볕을 온몸으로 받아야 하고
때론 소나기에 혹독하게 두들겨 맞기도 하며
천지를 한입에 집어삼키듯 포효하는 태풍의 천둥소리를 들어야만
임산부의 배처럼 둥글게 둥글게 모양새가 갖추어지고

시월 상강 된서리의 얼음장 같은 추위를 견뎌 내야
단단하고 단단하게 영글어 가는 것이다
바늘을 찔러 들어가지 않아 쇠어진 것이 확인되면
이번엔 무시무시한 쇠 톱날이 사정없이 살을 파고들어
두 동강으로 갈라지는 아픔을 견디어야 하고
또다시 펄펄 끓는 커다란 가마솥에 푸욱 삶아지는
인고의 고통을 감내하고 뭉크러진 속살이
조금도 남김없이 파내어져야
비로소 바가지라는 이름의 영예(榮譽)를 얻는다

바가지가 되면 갓 시집온 각시의 고운 손에 쥐어져
옹달샘 물을 떠 물동이를 채우는
영광을 누릴 수도 있다

삼학도의 눈물

멀리 바다에 떠 있는 섬들이
찍은 점으로 보이는 유달산 꼭대기
봄꽃잔치 어우러진 곳에
그리움만 더해 가는데

비 뿌리치는 골짜기에 서서
이난영이는 오늘도
울적한 가슴을 달래려
삼학도에 눈물로 숨어든다

사아아공오옹에 배앳노오래
가아무우울 거어리이며 - - - - - -

슬프게 파고드는
너무나도 애달픈 목소리에
잊어버린 옛사랑이 새로워져

애꿎은 기타 줄 뜯어대니
뜨겁게 눈시울만 젖어 든다.

땡볕

초복 중복 말복
자외선과 지열로
이마에 솟는 땀방울
덥던 이야기는 그냥 기억해 두자

삼복더위
태극무늬 부채 바람에
슬슬 날아갔고
숲속 졸졸대는 도랑물에
발 담그니 도망을 갔지만

흠뻑 젖은 윗도리 벗어던지고
엎드린 등 한 바가지 물에
화들짝 행방이 묘연했지

그 뜨겁게 달구던 열기
섣달그믐 눈 날리는 밤에
찢어진 창틈 황소바람 들어오면
아련하게 그리워질 거야.

바다

모퉁이를 돌아서
길게 선을 그어 놓은
그와 처음 만나는 동안

반갑다고 갈매기 울어대고
갯바람에 묻어오는
비릿한 내음이
어찌 그리 정겹던지

조개껍데기를 등에 업은 모래사장을
토닥여 주던 등댓불은
수평선에 멈추어 서 있고

동백 꽃잎을 빨갛게 빨갛게 피우려고
밤이 깊어가도록 파도는 잠 못 들고 있다.

나는 감시당하고 있다

나는 감시당하고 있다
내가 어디를 가든지
나도 모르는 곳에서
나의 움직임을 낱낱이 지켜보고 있다

집을 나서면 대문 옆에서
실내에서는 천장에서
차를 운전하면 블랙박스로
지하철에서는 몰래카메라로

내가 가는 곳이면
어디선지 알 수 없는 곳에서
섬뜩한 눈초리로 쳐다보고 있다

시골집에 살던 때

뫼골 노란 볏짚 지붕 밑에
아버지와 어머니
철부지 졸망졸망 여럿이 살았지만
띠앗이 좋았었다

노루잠 주무시다
갓밝이에 너덜경 밭에 나가시면
해거름이 되어야 오셔서
빠른 손놀림으로 칼싹두기
멍석 깔고 저녁노을 짙어질 때
후후 불던 그 맛을 잊을 수가 없다

넉넉하지 못한 살림에도
품에 안고 늘 사랑으로 보살펴 주시고
가르침을 주셨었다

아버지 어머니 나이가 되고 보니
살아 계실 때 더 많은 안갚음
못 해 드린 것이 가슴에 짠하게 남아 있다

* 뫼골 : 산골짝
* 띠앗 : 형제간 우애
* 노루잠 : 깊이 잠들지 못하고 자주 깨는 잠
* 너덜겅 밭 : 돌이 많은 비탈밭
* 갓밝이 : 날이 막 밝을 무렵
* 해거름 : 해가 서쪽으로 넘어갈 무렵
* 칼싹두기 : 밀가루 반죽하여 밀대로 밀어 칼국수보다 굵고
  수제비에 가까운 음식
* 안갚음 : 어버이의 은혜를 갚는 것
* 짠하다 : 안타깝게 뉘우쳐져 마음이 조금 언짢고 아프다.

가을밤 흉몽

등짝에 진저리 쳐지도록
한기가 파고드는
까맣게 변색된 툇마루

그림자 얼룩 거리며 서성거리던
쪽빛 달이 슬그머니 꼬리 내리자
언제부터 섬돌 옆에 문을 열었는지
귀뚜라미 생음악 라이브 카페
청아한 가을밤 선율이 흐르고 있다

도망간 선잠을 잡으려
목침 고쳐 베고 뒤척거리다
악몽 속에서 쫓고 쫓기는지

무겁게 빗장 쳐 내린 눈꺼풀
새벽닭이 소리쳐도 알람이 흔들어도
머리까지 뒤집어쓴 이불자락
뒷산에 어둠을 쫓아낸 황금빛 햇살
화들짝 어젯밤 흉몽을 털어내고 있다

당신이 원하시면

당신이 원하시면
언제든지
사랑의 울타리를 걷어내고
세상 밖으로 보내드리리다

나는 당신을
너무너무 사랑하기에
당신도 나만 사랑하도록
꼭꼭 매어 놓고 싶습니다.

저녁 안개

장마가 할퀴고 지나간 강 둑길에
흔들거리는 코스모스 꽃잎에
가을 손님 빨간 고추잠자리
춤사위로 낮게 떠 맴돌고

저녁 안개 스며드는 하늘가에
군무하는 물새 떼 바라보노라니
까맣게 잃어버렸던 지나간 일들이
새록새록 떠오른다

세월이 가고 또 가도
첫사랑이 남기고 간
남아 있는 상처가
야릇하게 명치 끝을 조여온다

그는 지금 어느 곳에서
아픈 기억을 달래가며
나처럼
백발이 되어 가고 있을까.

하늘에 날리는 그리움

하늘과 물이 하나로 보이는 저 먼
봄바람이 뱃고동을 타고 돌아와
가물가물 아지랑이 피는 곳이면
이른 봄 길바닥에
벌과 나비 식탁을 준비한 민들레

하늘가에 노니는 조각구름
갈 곳 잃고 흩어지고 나면
오래도록 미련으로 남아
언뜻언뜻 생각나는 사람
그리움은 노란 꽃잎 위에
차곡차곡 쌓여져 가고

스쳐 지나간 일 떠오르면
왠지 눈가에 한 점 맺혀지는 눈물
흐드러지게 피던 꽃잎
솜털이 되어
흐려지는 눈가에서
뭉게구름 비집고 날아오른다.

스냅 사진기

나는 그때그때 있던 일을
검지 한 번 터치로
생생하게 현실을 선명하게 남겨 준다

사건이 벌어진 곳도 찾아가고
생일 졸업식을 기념으로 담아 주고
결혼식에는 한순간도 한눈팔 수도 없다

내가 남겨 놓은 선명한 흔적을 보고
팽팽하던 얼굴 주름진 지금
예전처럼 되돌아가고 싶을 것 같다

한 무리를 모아 놓고
'김치' 소리치고 하얀 치아 보일 때
잽싸게 셔터 꾹 눌러질 때가 재미있다

동지(冬至) 팥죽

귓불이 얼고
목 언저리가 시려워
작년 동지에 먹던
쫄깃한 새알심이 동동 뜨고
한술 후후 불어먹으면
추위가 확 풀어지던
그 따뜻함이 그립다

아세(亞歲)에 한 그릇 비우면
한 살 더 먹는다 하여
어릴 땐 한 그릇
더 먹었는데
갑자가 넘어
올해는 안 먹고 싶다.

* 아세 : 밤이 연중 긴 날 동지. 작은 '설'이라고도 한다.

들창(窓)

기울어져 가는 초가삼간
들기름 등잔 노란 불빛이
열어진 들창 밖으로 새어 나온다.

시들어 가는 들국화 향기가
자장가 불러 주듯 문풍지 떨리던
들창으로 들어왔다.

비료 포대 조각과
책장 찢어 붙인 가림막 된
들창이지만

바람과 영혼이 드나들고
동트는 햇살도 멀어져 가는 달빛도
들창 찢어진 틈으로 찾아온다.

잠 못 이루고 뒤척이던 사랑방에
밤새도록 떨어지는 낙숫물 소리
들창 밖에서 들려왔고

짝을 잃은 동박새 가냘픈 울음도
팔려간 새끼 찾는 엄마 소 울음도
그 작은 들창으로 들었다.

어느 날 하루

시큰둥하게 볼때기 얼어
웃어도 우는 둥
밤새도록 설쳐댔던 꿈을
키 흔들어 골라보니
알맹이 하나 건진 게 없다

온다는 카톡 메시지도 없이
가만가만 눈송이 내려앉아
군불 땐 사랑방에서
고스톱 친 대가로
고구마 한 소쿠리 동치미 한 사발

개평 뜯어 한 줌 쥐고
두꺼비 긴 목을 비틀어
아무리 퍼부어도 넘칠 줄 몰라
빈 둥지 일몰 속으로 숨어 들어간다.

돌다 멈춘 벽시계

벽 가운데서
해가 떠도 별이 떠도
부채질할 때도
손을 호호 불 때도

째깍째깍
발동작으로 리듬을 타고
원을 그리며 버티다가
하루 두 번만 똑같이 맞춰주고

춥다고 오돌오돌 떨어가며
마스크 쓴 채 야묵(夜默)으로
동지섣달 긴긴밤을 꼴깍 새우고 있다.

* 야묵(夜默) 밤의 고요함, 밤의 침묵

울타리에 핀 장미

장미 덩굴이 타고 오르던
내가 살던 여인숙 같은 이층 방은
늘 반쯤 마시다 만 찻잔과
갈피 접힌 책이 전부였지만

미닫이창을 열면
울타리가 된 장미꽃에
노을이 머뭇거리고
황혼빛 미풍에 설렘이 가득했다

어느 꽃향기에 흠뻑 젖어 있던 날 밤
장미 꽃나무 아래서
밤새도록 가슴을 쥐어뜯는 듯한
소리 낮은 울음이 동이 틀 때 멎었다

아침 맑은 이슬 머금어 있었던 꽃이
울타리가 된 곳을 지나갈 때면
가끔은 잊어버렸었던
그 울음이 들리는 듯하다.

법고(法鼓)

쇠가죽을 펼쳐
오동나무 편에 끼워 놓고
고운 소리로
흥을 돋아주기를 바랐지만

아무리 두드리고
설득해도
요지부동 귀에 거슬리는
돌다리 두드리는 소리가 난다

어쩔 수 없이
개과천선(改過遷善)하라고
무수한 몽둥이질에 둥둥둥
엉덩이 움질움질한 음을 토해낸다,

법고의 장엄한 울림에
졸던 돌 미륵불 눈을 번쩍 뜨고
옷깃을 여미고 있다

청정 해변

마중 나온 갈매기 울음 반갑고
동백 꽃나무 숲 사이로 보이는
에메랄드빛 바다는
봐도 봐도 싫증나지 않는데

여름 문턱에 와 있는
수평선을 바라보면서
가야 한다면서도
일어서지 못하고 있다.

쉴 새 없이 돌아만 가는
도심의 아득한 시간
겹겹이 쌓이고 쌓인
매연에 찌들고 얼룩진 때를

파도 소리에 묻어오는
청정 바닷바람에
헹구듯 하얗게
빨아 가고 싶다.

낙화암(落花巖)

부소산(扶蘇山) 성터에
초승달 걸리어 있고
군사(軍士)들의 함성(喊聲)은
멎은 지 오래

꿈꾸는 백마강(白馬 江)은
옛날이나 지금이나
흐르고 흐르건만

의자왕(義慈王) 풍악(風樂) 소리
어디로 가고

낙화암(落花巖) 산자락에
삼천궁녀들의
넋이련가 눈물이련가

바위틈 고란초(皐蘭草)에
이슬 맺혔네.

파도

밤 해변
이름 없는 찻집

짙은 차 향기 맡으며
나누었던
가슴 시린 이야기

모래 위에 새겨 놓은
푸른 꿈

반딧불 밑에서
수줍은 입맞춤

파도가.
파도가.
산산이 부셔 놓았다.

허전해지는 가을

가을걷이가 끝나
풍요롭던 황금빛 들녘이
쓸쓸하게 변해 가고

은행 나뭇가지는 노란 잎새기를
길바닥에 몽땅 내려놓고
허전함을 달래려 하늘에 비질하고 있다.

밟히는 낙엽에 가을을 타는지
적적한 내 마음 걷잡을 수 없이
먼 데로 끝없이 달려만 간다

호젓한 곳으로 여행이라도 갈까
한 번도 가본 적이 없는 곳으로
혼자 가면 더 외롭지 않을까

그냥 발길 닿은 카페에서
색 바래진 단풍잎 책장 위에 올려 놓고
잔잔한 노래 들어가며 차 향기로 달래 보자.

꽃이 만발하던 동네

꿈에도 잊지 못하던
나를 낳아 금줄 걸려 있었던 곳에
흰머리가 되어 찾아가 보니

올망졸망 팔 남매가 행복했을 때
가난이 우리 가족을 쫓아낸
둥그렇게 보이던 초가집이
간 곳 없고 감자밭이 되어 있다.

익기도 전에 따 먹어 대던 살구나무도
장독대 웅크리고 햇볕 쬐던 채송화도
새벽잠 덜 깬 소리로 짖어대던 강아지도
어디로 갔는지

모두가 변해 있고 낯설었지만
이웃집으로 시집가셨던
어머니를 닮으신 누님이
눈물을 글썽이며 반겨 주셨다

집터를 어름잡아 무심코 돌다가
누룽지 긁어주던 자리쯤에서 털썩 주저 앉았다
내 어깨를 짓누른 것은 아직도 어리어 감도는
따뜻한 품에 안고 아낌없이 먹여 주시던
어머니의 달콤한 젖 내음이었다.

인생 지나온 길

삭막한 강바람 몰아치는
수풀 우거진 산골 간이역에
멈춰 녹슬어가는 기차를 보며
지나온 내 인생길을 뒤돌아본다

검은 연기 하늘로 칙칙폭폭 칙칙폭폭
우렁찬 기적 산천을 울리고
지나가는 곳마다 소식과 정을 전해주고
밭 매는 아낙의 흔드는 손길을 받았었는데

저물어져 가는 역사 귀퉁이
한적한 구석에 버려지듯
녹슨 철로에 덩그러니 올려져
저녁 노을빛에 삭아져 가고 있다

거울에 비치는 내 처진 어깨는
불같은 열정으로 세상에 맞서서
비 눈이 내려도 새벽부터 밤늦게까지
가족의 행복을 위한 흔적으로 남은

백발로 변해 버린 머리 빗어 다듬고
당당하게 허리를 펴고
옷매무새 깃을 세우며
깊게 파여진 이마를 보니 피식 웃음이 난다.

가슴에 남아 있는 사람

문뜩
그곳에 가고 싶다.

이른 새벽
물안개 자욱한 호숫가에
비오리 자맥질하던 곳.

갔다가
헤어짐만 남기고
아련히 떠오르는

다시 보고 싶다.
다시 만나고 싶다.

우수(優愁)에 젖은 눈빛
따스한 가슴을 지닌 그 사람.

아 지금
어느 하늘 아래

사진 한 장

세월이 거쳐 가는 길목에
계절이 몇 번이나 왔다 갔는지
눈을 감고 헤아려 봐도 알 수가 없다

검던 머리 이팝 꽃 하얗게 피고
등허리가 굽어 버린 지금
지나간 일들을 되돌려
예전 모습으로 되돌아갈 수는 없지만

책갈피에서 나온 사진 한 장은
잃어버린 지 오래되어 기억도 없는데
물레방아 돌아간 만큼이나
시간 더미에 묻혀갔어도
내 옛 모습이 선명하게 멈추어 있다

잊히지 않는 추억

지금도 나에게는
언뜻언뜻 떠오르는 얼굴이 있다
초등학교 다닐 때 친구네 집에 친척이
여름방학에 놀러 온 여학생이다

봇도랑 길옆에서 네잎클로버를 따 주자
클로버꽃으로 팔찌를 만들어
내 손목을 잡고 묶어줄 때 숨이 멎는 줄 알았다
가슴이 콩닥콩닥 뛰었었다

다시는 만나지도 못했지만
그 후 몇십 년이 흘러갔어도
그때의 기억을 떠올리면
가슴이 콩닥콩닥 거린다

봉분(封墳)

두견새 울어 댔던 양지쪽에
황토 덮인 어제 없던 봉분 하나
솔 잎새에 걸린 달빛이 처량히 운다.

사랑했던 사람
몇 안 되던 친구들
하나둘씩 곁을 떠날 땐
견디기 어려운 형벌이었고
홀로 남은 외로움은 또 다른 고문이었다

여기는
삶의 애착을 한 아름 끌어안고
무진 애를 써봐도 누구나 순서 없이
빈손으로 와야 하는 도착지

묘비엔
새벽 풀잎에 매달린 이슬방울
날마다 찾아와 지저귀는 산새
밤하늘 무수히 쏟아지는 별
이 세상에 왔다 간 나의 생애는
너무나도 아름다운 소풍이었다
라고 쓰여 있다

아직도 아픔이

땅거미 내리깔리는 고갯마루
저물어가는 서쪽 하늘
쪽빛 담긴 호수에
고요히 비쳐든 산 그림자

밤이 깊어지면 깊어져 갈수록
왜 이토록 지난 일들이 떠오르는지
첫 만남에 너무나도 강렬하게 이끌려
운명으로 받아들이고 사랑했는데

돌아오지 않을 줄은 알고 있지만
기다림에 너무나도 멀리 가버린 날들
상처로 남아 있던 아픔이
오늘 밤엔 그리움으로 밀려온다

사랑하면서도
하찮은 허물을 덮어 주지 못하고
선부르게 발길을 돌이킨 것이
여태까지 아물지 않은 생채기로 남아 있다.

진고개

한두 방울씩 툭툭 떨어져 내려
한기로 움츠러드는 진고개
넘실넘실 모여들기만 하는 북새통 인파
짙은 성당 종소리에 뿔뿔이 흩어져 가고

캄캄한 빛이 배회하는 좁다란 빌딩 사이
귓가에 맴도는 흐릿한 기억을 더듬어
손목 잡혀 빈자리 찾아 끌려 들어간
빛바래진 간판 내걸린 명동 주막

새빨간 입술에 자욱한 담배 연기
신나게 두드리는 젓가락 장단에
뭉클하고 애절하게 들려오는 흘러간 노래
잔을 비울 때마다 나도 모르게
눈가에 몽글몽글 이슬 맺혀 떨어진다.

저물어가는 선창가

해 질 녘 모래 위에 찍혀진
무수한 발자국을 지워가던 짜디짠 바람은
그 여인의 머리칼을 무수히
풀어헤쳐 놓았고

밤 파도는 불 꺼진 등대가 보이자
커다란 손바닥을 들어
암벽을 무너뜨리듯 후려갈기며
울적한 속내를 심술로 달래고 있다

수평선 보이지 않는 곳까지 나갔다가
새벽에 돌아온 빈 낚싯배는
아무도 보지 않아도 들킨 것처럼
비린내를 한 가닥씩 스멀스멀 풀어 놓고

한나절 빛에 말리어진 은빛 비늘들이
동그란 눈동자를 서로 마주하며
억양 센 사투리 정겨운 수다가
도란도란 한마디씩 갯벌로 찾아들고

해 넘어간 포구 끝에 걸려 있는 선술집
흘러나오는 술잔에 녹은 노랫가락이
곡조를 잃어버린 뒤틀린 가사로
간간이 들리다 멈춰버렸다.

산속 암자(山寺)

초롱한 눈동자
청량한 염불 소리
인적 드문 암자에
불공드리는 저 비구니

출가해서
새로 태어나
억겁의 업보를
백팔 번뇌로 삭여내고

깨달음을 얻고자
참 진리를 찾고자
중생을 구하고자
삼천 배를 올리네.

삭발 때에 흘린 눈물은
속세의 정이 너무 아쉬웠고
사랑과 이별의 괴로움은
회색 법복으로 가리었네.

깊은 산사
새벽의 고요를
목탁을 두드려
깨뜨리네.

작은 배

해 저문 포구 끝에
낙엽 같은 작은 배 하나
닻에 걸려 꼼짝도 못 하고 있다.

힘들게 노 젓던 주인은
바닷가 후미진 선술집
술잔 앞에 졸고 있고

낮에는 쉴 곳 찾던 갈매기가 잠시 앉았다 갔고
차가운 바람은 들렀다가 머물지도 않고
제 갈 길로 흩어져 갔다

뱃전에 물이 빠지자
수많은 게가
바글대는 시골 장터처럼 오가기 바쁘다.

밤에는 수많은 별들이 내려다보고 있지만
달빛도 없고 파도도 잠들자
수평선 멀리서 흐릿한 등댓불이 찾아왔다.

구슬픈 해오라기 울음도 들리지 않고
빗방울이라도 떨어지면 덜 외로울 텐데
썰물로 텅 비어버린 포구에 밤은 길기만 하다.

망향가(望鄕歌)

임진강 망향단에
녹슨 철조망 잡는 손길은
북녘을 바라보며
보일 듯 말 듯 떨리고
오랫동안 움직이지 않던 어깨는
흐물흐물 무너져 내린다

임진강 자유의 다리 건너
강가 수풀 속에 물새 노닐어
부르면 대답할 듯한
내가 살던 곳 그리 멀지 않은데
오래전에 그어진 삼팔선 가로막혀
못 가는 몸 달래도 가고만 싶다

삼팔선 넘나드는 기러기야
내 부모 형제에게 전해다오
보고 싶고 너무 그리워
오늘 밤 꿈속에 찾아간다고
한(恨)이 많은 망향가를
젖어 내리는 눈 훔쳐 가며 불러본다.

기약 없는 상봉

꿈이냐 생시냐
육십 년을 후울쩍 넘어
삼팔선 열리던 날!

가슴 벅찬 설레임으로
만났다가 목메어 헤어진
이산가족 상봉!

꿈에도 그리웠던
그 얼굴이
주름과 백발뿐이네

세월의 무상함이
살아생전 만나기만
눈물로 지새던 밤들

스치듯 만났지만
또 만날 기약 없이
아픔과 통곡만 남기고
돌아서야 하는 발걸음 떨어지지 않네

노란 리본

뱃고동 울리며 소풍 가던 길
팽목항 앞바다에
피지도 않은 꽃봉오리
흔적도 없이 사라져

마음 졸이며 설마 하던
엄마 아빠 온 가족
손을 모아 잡고
통곡으로 밤을 새우고 있다

너는 날이 저물어도
푸른 별이 되어
하늘에서 내려다만 보고
돌아오지 않고 있구나.

비 뿌리치는 바닷가에
파도의 포말 너머로
나팔수의 애끊는 진혼곡이
가슴을 졸이듯 아프게 한다.

소리 없이 오열하며
노란 리본 매달던
수많은 염원
'잊지 않을게'

천황봉(天皇峯)

고즈넉한 산줄기에
으악새 슬피 울고
스산한 바람은
삭막(索莫)함을 더해 준다.

뉘 알랴?
시간이 멈춰
천년(千年)이 지났는지?
색 바래진 바위에
천황봉(天皇峯)이라 쓰여 있다.

서리 맞은 흰 머리칼 휘날리며
찾아온 나그네
발걸음은 무거운데.

변덕스러운 하늘에
빗줄기가
눈보라로 변하고
나뭇가지 설화에
넋을 잃는다.

화엄사(禾嚴寺)

구례를 지나
지리산 줄기
웅장한 화엄사

어느 도편수의 작품인지
한 아름이 넘는 기둥
위엄이 서려 있다.

장엄한 대웅전
엎드려 절하는 불자에
부처의 미소가 신비로워라

잔잔한 풍경 소리
멀리까지 스며들고
마음을 평온케 하는 목탁소리
한낮의 정적을 깨운다

'나무아미타불'
'관세음보살'
중생을 구하려
스님의 염불 소리 끊이질 않네.

황혼 역(驛)

저녁을 눈짓으로 불러들여
바다에 맞닿은 구름에 불을 질러놓고
해안선을 따라 국도로 접어들면
어둠에 물든 검은 모래사장 가운데
오가는 열차는 셀 수 없이 많아도
한 번도 승객이 타고 내리지 않는
시간표 없는 정거장이 있다

짐을 가득 짊어진 채 막차를 타겠다고
손사래로 빈 객차를 보내 놓고
입술에 검지를 대고 들었던 이야기들을
바람에 한 토막씩 한 토막씩 날려 버리고

뜨겁게 유혹하는 네온사인 불빛을 피해
깃발이 기둥에 펄럭이는 민박을 찾아
반딧불이 무수히 쏟아지는 천정이 달린 골방에서
밤새도록 로맨틱한 드라마 속을 헤매고 있다.

비 내리는 골목길

비 내리는 골목길에
장미 꽃잎이
어지러이 떨어져
아름답던 꽃의
마지막 이별이 서러운데

셔터 내려진 점빵 건너
비 맞은 길냥이 울음이
애처롭게
가슴을 파고든다.

불빛이 찾아들자
허물어진 담장 옆에
버려진 피아노 건반을
빗줄기가 두드려
감미로운 교향곡을
연주하고 있다.

미지의 세상

시간이 머물러 있는 자리에
못다 한 이야기들이
빼곡히 남아 있는
거기는 미지의 세상이다

마음의 눈을 뜨지 않으면
앞의 어둠만 보이고
뒤쪽의 화려함을 볼 수가 없다

셀 수 없이 많은 염원을 간직하고
높이 올라서 보려는 이루고 싶은 꿈이
한순간에 무너져 내려
가슴에 묻어둘 사이도 없이
텅 비어버린 공간으로 남아 있다

철새 휴게소

작은 계곡 하늘가에 떠돌던 철새
낮게 가라앉은 운무를 덮고
침목 한 귀퉁이를 돌려 베고 누워
겨울이 깊어져도 떠나갈 줄 모르고 있다

세찬 강바람에 고개 숙인 갈대밭에
무리를 이루어 둥지를 틀고
하루 두 번 기차 지나가는 간이역에
텃세하는 기적 소리에 깜짝 날아오른다

와있는 겨울은 맹추위를 떨치고 있어도
봄이 오면 떠나보내야 하는 작별 인사말을
원고지 하얀 여백 위에 촘촘히 적어
아쉬운 마음을 전하려고 연습하고 있다.

쇠 북(鼓)이 운다

둥 둥 두둥 둥
둥 둥 두둥 둥
노을 뒤로 떠도는 고요한 산길
소슬바람을 타고 오는
북채의 황홀한 쇠 북이 운다

둥 둥 두둥 둥
둥 둥 두둥 둥
커다랗게도 자그맣게도
가는 길을 멈추게 하고
내 발길을 끌어당긴다

첩첩산중에 울림이 갑자기 멈춰
산속에 고요가 감돌아
어둠이 다가오는 오솔길에
숨이 멎을 듯하다

잔잔하게 다시 들리던 북소리
둥 둥 두둥 두둥 둥 둥
둥 둥 두둥 두둥 두둥 둥 둥
거칠고 난폭하게 울부짖듯
애간장을 녹여 갈기갈기 찢어놓듯
두드리는 고수(敲手) 현란함에
동서남북 갈 길을 잃어버렸다.

갈라서 버린 길목

우연히 마주친 눈빛에
강한 끌림을 받아 손을 잡았고
사랑이라는 출발을 했을 때는
가는 곳마다 화사한 꽃길이었다

떨어져 내리는 꽃잎을 아쉬워하며
이슬 자국을 걷어가는 뙤약볕 아래
처음 보는 꽃에 이름을 지어주며
새끼손가락 걸고 엄지로 도장을 찍고

잔잔한 음악이 흐르는 레스토랑에서
와인 잔에 비치는 촛불이
다 녹아내려 꺼질 때까지 마주 보며
아쉬움에 일어서지 않았지만

익숙하고 여유롭던 일들이
어느 날부턴가 퍼즐이 맞춰지지 않고
중간중간 필름이 끊어져 버려
애써 눈길을 외면하는 날이 많아져 갔다

발등 젖을 만큼 빗방울이 떨어지던 날
인적 드문 정류장에 비 맞고 서서
손톱을 입으로 깨물어가며
행복을 서로 빌어 주었다.

6월의 상흔(傷痕)

처절하게 작렬하던
포화가 사라져
잡초만 우거진 격전지에
마음이 숙연해진다.

뚫어져 녹이 슬어버린
철모의 주인은
누구의 아들이었나
누구의 오빠였나
누구의 아버지였나

피 끓는 젊은 생명을
나라를 지키기 위해
포탄을 맨몸으로 막아
산화한 곳에

이름 모를 꽃이 핀
널브러진 돌 더미에
찢겨진 군화가
전사자의 묘비처럼
빼꼼히 내밀어 있다.

그리움만 남겨 주신 어머니

저녁해가 돌아앉아 깜깜해지면
멀리 가신 어머니
함박웃음 짓고 오시려나

초저녁 그믐달 떠오르고
별들이 우후죽순 떨어져도
허리 굽어 고향길 헤매시던 어머니

손톱이 닳도록
낮엔 김매고 밤에는 길쌈하시고
토닥토닥 다듬이질하시던 어머니

집에 다다르면 급한 걸음으로
낡은 삽짝 삐꺽 열고
두 팔 벌려 안아 주시던 어머니

포근한 가슴 요람으로 품어주시다가
끝없는 그리움만 남겨놓으시고
어느 날 홀연히 떠나가신 어머니.

노숙자(老宿者)

전에 어디서 사셨나
전에 무엇을 하셨나

피골(皮骨)이 상접한 얼굴로
눈물까지 마셔버린
빈 소주(燒酎)병 옆에
죽은 듯이 잠들었네

헐고 때 절은 옷깃에는
시름의 상처로 얼룩져 있고
갈데없고
오라는 곳 없어

아무도
관심 가져주는 이 없는
서울역광장에
풀어진 눈빛으로
서성이는 저분들

이젠 툭 털고
가족 품으로 돌아가
노숙하던 일이
생애에 추억으로
남겨졌으면

꽃 사진

잔설이 먼 산자락에
무겁게 쪼그리고 앉아있을 땐
한 아름 꽃 속에 파묻혀 보길
시간을 하품으로 때우며
은근히 고대하던 게 어제 같은데

지천에 꽃들끼리 잔치가 열려
발 디딜 틈이 없이 몰려드는 고객
점 하나를 찍을 것을 고르느라
길게 목을 빼고 두리번거리고

발바닥에 비명을 지르는 조약돌이 깔린
강물에 파고든 조각 별이
느릿느릿 기지개를 켜는 동안
조리개를 만지작거려가면서
흩어진 꽃잎을 긁어 줄을 세우고 있다

아부지

아부지
봄 여름 가을 겨울이
수십 번 바뀌었지만
제 곁을 떠나시던 날 슬픔이
아직도 가슴에 멍울로 남아

하얗고 몽실몽실한
수국꽃이 되어
8월이면 찾아옵니다

아버님 계신 그곳이
얼마나 먼가요
어찌 가시고 난 후
한 번도 오시지 않는지요

꽃잎이 떨어져 가을이 옵니다
꽃은 내년 이맘때 다시 피겠지요

그립습니다.
뵙고 싶습니다.
꿈속에서라도

가난을 넘어서

어릴 때 정든 고향을 등진 건
궁핍한 생활을 면해 보려는
새로운 세상으로 도전이었다

그땐 어렵게 살았지만
가족과 이웃 간에 우애와 정은
무엇과도 바꿀 수 없는 추억으로
기억에서 지워지지 않고 남아 있다

낯설고 물선 곳에서 터를 잡기까지
두 주먹뿐인 나에게
삶의 무게는 더 무겁게 느껴졌고
세상이 녹록하지는 않았다

가난하다는 것은 잘못이 아니고
행복하고는 무관하다
내게는 역경을 이겨낸 경험이 있다.

가슴에 내리는 눈

참 외로운 밤이다

귀를 가슴에 대고
고동 소리를 엿듣던 사람은
곱던 옷을 모두 벗어버린
나목이 추울 거라며 걱정하면서 떠났고
눈이 내리면 돌아오겠다는 기별을
몇 해가 지난 뒤에 들었다

어둠 속에서 동화같이 눈이 내리던 날
뜬소문처럼 세상을 떠났다는 소식에
뜨겁게 떠나보냈던 가슴이 무너져 내려
바뀌어 간 계절의 무게를 견디어내지 못하고
자작나무 숲에서 소리치며 울었다

노랗게 산수유가 꽃봉오리를 터뜨리던 밤
몇 번이나 내렸던 눈이 또 내려
까맣게 숯덩이로 타버린 가슴에 재를
한 움큼씩 한 움큼씩 산골짜기에 뿌렸다.

시간표 없는 정거장

서준석 시집

2024년 10월 21일 초판 1쇄
2024년 10월 23일 발행
지 은 이 : 서준석
펴 낸 이 : 김락호
디자인 편집 : 이은희
기 획 : 시사랑음악사랑
연 락 처 : 1899-1341
홈페이지 주소 : www.poemmusic.net
E-Mail : poemarts@hanmail.net

정가 : 10,000원
ISBN : 979-11-6284-564-6